벌락마을

황금알 시인선 76

벌락마을

초판발행일 | 2013년 10월 31일
2쇄 발행일 | 2014년 12월 9일

지은이 | 김성도
펴낸곳 | 도서출판 황금알
펴낸이 | 金永馥
선정위원 | 마종기 · 유안진 · 이수익 · 문인수
주 간 | 김영탁
편집실장 | 조경숙
표지디자인 | 칼라박스
주 소 | 110-510 서울시 종로구 동숭동 201-14 청기와빌라2차 104호
물류센타(직송 · 반품) | 100-272 서울시 중구 필동2가 124-6 1F
전 화 | 02)2275-9171
팩 스 | 02)2275-9172
이메일 | tibet21@hanmail.net
홈페이지 | http://goldegg21.com
출판등록 | 2003년 03월 26일(제300-2003-230호)

ⓒ2013 김성도 & Gold Egg Publishing Company Printed in Korea

값 8,000원

ISBN 978-89-97318-55-1-03810

벌락마을

김성도 시집

황금알

| 시인의 말 |

내 문맥의 비리를 들춰 무엇하리

빗장 걸린 고독은 완성의 끝 부분이다

어느 쪽 문을 열어도 피안의 경계이니

어떤 고통의 경로를 통해야 거기에 닿는가

구태여 따질 필요도 없다

향수나 그리움을 채울 자위행위도 없다

어느 쪽을 쪼개도 알맹이는 찾지 못한다

미끌미끌 빠져나가는 깨뜨리지 못할 묘수

무너지는 미완에 진력이 났다

채찍을 거둔다

내 문맥의 그림자를 너무 나무라지 마라

차 례

2부

1부

개안_{開眼}

한파

독하게 몰아붙였지만
한눈팔지 않고

기어이
오늘
경칩을 봤다

부채춤

단원의 매화도
허난설헌의 석란도
허물을 벗고
꼬리춤으로 바람을 잡는다
훈풍은 때때로 춘화를 펼치고
선풍 속에 손짓하면 사군자가 꼿꼿하다

부드러운 손길에 놀아나고
간드러진 밀어에 녹아
더운 가슴 내주면서
한동안 눈뜬장님으로 살았는데
현혹되지 마라
흔들리는 바람 따라 펄럭이다 보면
그대의 춤사위에
훈풍이나 삭풍도 상관없이
죄다
은밀한 환생으로 날아든다

논리야 놀자

우리의 생애를 그래프로 그려 보면
희화적이긴 하나 비교적 간단명료해진다
X축은 공간에서 시간으로
Y축은 희극적 조형과 비극적 입체감
Z축은 시간의 복제를 통해서
얻을 수 있는 소재들
구석기 시대 유물에서부터
시장통에서 살 수 있는 쉬운 물건들
이런 시대적인 패러디 작업은
예술적으로 보이는 우리 생애의
허영에 대한 야유다
앤디 워홀이나 백남준 등을 콜라주 하면
Y축의 비중이 커지는 편집이 생기고
X축은 우주 생성의 기원에서 인류의 종말까지
적나라한 근거를 바탕으로 조명된다
Z축과 합성하거나 조합하려면 무리다
질척거리는 어둠과 공포에 사로잡힌
눈빛 아래 깊게 주름 잡힌 그림자 한 자락
어느 축에도 둘 수 없다

설명할 수 없는 형식이란 없다더니
전두엽의 충격으로 일어나는
간헐적 착란과
필발筆發하며 따라붙는
광폭한 자괴 행위는 엄연한 사실임에도
XYZ
그래프로 그려지지 않는 부재 현상이다

새벽 횡단

변덕스러운 한라산 중허리가
눈발의 위세에 휘청거린다
채 5분에 불과한
천기의 조화에 어리둥절하다

묘종 훔치던 노루 한 쌍이
물끄러미 제 볼 때리는 눈발을
쳐다보고 있다
감칠맛 나는 설화다
새벽 빗장을 열고 가는 바람
난데없는 까마귀 떼가
그만 시동을 끄라고
까악까악 고함을 지른다

굳은살 박인 수목들이
터덜터덜 눈가루를 토설한다

두툼한 감탄사

겨우내 두툼한 이부자리를 걷고
선방으로 맨 먼저 드는
봄을 맞을 참인데
달그락 구르는 햇살이
계단 틈에 낀
금잔화를 찾아낸다
요놈 봐라
지가 먼저 나서서
천기를 누설하는구나

도루묵

인생 뭐 별거 있나
말이야 쉽지
그러다 우지끈 치오르는 오기에
낭패 보기 일쑤다
천성이 그래
짝은 짝대로 불만일 테고
세월을 벼르고 있다지만
저만큼 비켜간 줄도 모르고
저 등신
맨날 제 발등이나 찍고 있네

말짱 도루묵

몽환의 늪

창녕 쪽지벌은 몽환이다
어머니 품에 안긴 듯
늪 위 하늘과 땅이 정겹게 만나고
억겁의 정취가 여름 햇살 아래 자유롭다
우포를 휘감는 왕버들나무는
이곳을 지키는 여신의 치렁한 드레스
은빛 안개의 발목을 무는 갈대는
뽀드득 어린애 이 가는 소리를 내며
화왕산 관룡사 가는 길목까지
하늬바람 길목을 잇는다

대칭이 우렁이 물밑에 수북하고
아낙들은 구수한 된장찌개로 길손을 대접한다
철새들 아우성에 잠이 깬 우포할배가
덜그덕 덜그덕
천 년의 수레를 끌고 새벽을 연다
연록을 투사하는 이슬 속에 파묻히는
발가벗은 새알들
석밤들이 수연水煙 위로 얼굴을 내밀고

하구로 몰려든 잉어, 붕어, 가물치들
풍요로운 유영을 즐긴다
물 반 고기 반
참으로 군침나는 율동이다

우포의 아침은 그렇다
무당개구리 울음소리로 깨었다가
논병아리 분주하게 쏘다니는 한나절
살아 있는 물상들의 숨통이
서로 부딪히는 소리를 내며 소통하고
가시연꽃 목덜미에 석양이 걸릴즈음
창녕 쪽지벌 습지는
조용히 연무를 덮고 잠이 든다

중계동 백사마을

멀리 갈 것도 없다
중계동 백사마을에 가면
아침부터 연탄 나르는 집이 있고
구들장 따뜻한 온돌방도 있고
장작 패는 집도 있고
대장간도 있다
아프리카 오지로 가야 할 구호물자도 판다
세상이 두려워 피해 사는 마을이 아니다
가난한 진실 없이는 살기 힘든
마음에 둥그런 달 하나를 달고 들기 전에는
발붙이기 어려운 동네
판잣집도 있고 장판지붕도 있고
엿장수도 있고 고물상도 있다
멀리 갈 것도 없다
중계동 4번길은
언제라도 그대의 말벗이 되고
향수의 조달이 되고
정화가 되고 방역이 된다
뜨거운 양철지붕 위엔

도둑고양이 쥐 죽은 듯 널브러져 있고
지난달 낳은 일곱 마리 백구 새끼
분양하는 발품도 있다
가난뱅이도 수두룩하고
앵벌이 하는 식구들도 쌔고 쌨다
매일매일 목욕탕 가는 셔틀버스도 있고
일주일에 두 번씩 똥차도 온다

뿌리의 근성으로

지금까지 외곽의 바람에 밀려
까실한 속살만 태웠지
길 잃은 햇살이라도 붙잡고
다소곳이 꽃 피우고
진솔하게 열매를 떨어뜨려 보았나
이제 그만 뿌리로 내려앉지
그 밑동으로 더욱더 내려가
긴 수면의 세월을 보내고
참새들 똥에 묻혀 부활의 홀씨로 살아나
영생의 순리를 터득할 때까지
깊은 뿌리로 내려가지
지상의 오랜 시련은 오래 참을수록
새로운 각오로 새겨지는 걸
삭풍에 지친 속살을 묻어
따순 수맥과 만나는 불멸의 연대를 위해
오로지 안으로 파고드는
지순한 사랑으로
박토를 애무하는 뿌리의 근성으로

무표정의 초상

세상의 모든 무표정들이 대면을 청한다
생의 시계 방향으로 일정을 맞추고
각자 근대적인 위엄을 갖추면
시간의 변증법 위에 널브러진
현대인의 초상이 나열된다

차광된 어느 동굴 속으로 기어들었던
암묵의 시간들이 튕겨 나오며
노예로 전락한 일상들에게
반기를 든다
절묘하게 변주되는
'시간의 좌표'라는 곡명

세상의 모든 무표정들은
무한히 분해되고
융합되고 부상하다가
고요히 가라앉는다
그런 초상으로 마감하는
미완의 생체들

백 년 묵은 칠점사

토끼풀 뜯으러 갔다가
배암에게 물려
하마터면 목숨을 잃을 뻔했다
퉁퉁 부은 다리를 부여 안고
며칠을 앓던 기억이 있어
옳지
이놈이 그놈이었는지 몰라
작은 몸매에 암회색 짙은 거죽
앙칼진 눈초리에 날랜 동작으로
내 발을 공격했던
칠점사 바로 이놈이라는 거지
머뭇거리는 나에게
맞다, 이놈이 그놈이라니까
옆에서 변죽을 울린다
와락 복수의 오기가 솟지만
복수는 무슨
아랫도리가 불끈 선다는데
늦가을 지리산 뱀사골에서
겨울잠 자러 가는 놈을 잡아

살살 달래면서 만 하루를 고어낸
백 년 묵은 칠점사라 했다
눈 딱 감고 그 보양의 국물을
꿀꺽꿀꺽 마셨다

자백

우리의 연민은 과장이었네

진실은 서로에게 외면당하고
나약한 명분으로 동면에 들어간
한 시절의 방일이었거나
일탈이었거나
창백한 미래로 떨어지던
힘없는 꽃씨였거나

은밀히 타전하는 비밀문서처럼
마지못해 시시껄렁한 연서나 날리고
연명을 위한 시편이나 읊고
모사된 그림으로
환쟁이 흉내를 내고

언젠가는 퇴출당하겠지
순순히 자술서 한 장 남기고

생의 한때가 지나가네

벌락마을 행복 또아리

벌락은 실화 속의
동화를 안고 사는 마을이다
마흔 중반의 홀아비 마블이
인도와 네팔 등지에서 요가 수행하던
메루를 만난 건 벌락의 계시였다

앞뒤는 분간이 없고 하늘만 열려 있는
천하의 오지 벌락에서
이런 신비로운 인연이 싹텄다
이 텅 빈 산속에서 제가수행하는 마블에게
신기루처럼 나타난 여인
마블은 뒷산 마당에 멍석을 깔고
가죽나무 부침개와
토실토실한 은행알로 메루를 대접했다

메루를 사로잡은 건 가죽나무 부침개
유유자적하며 선사처럼 살고 싶던 마블은
메루를 하늘의 점지로 받아들이고
이슬 젖은 토담 아래 신방을 차렸다

새벽 수림樹林의 입김이 펄펄 끓어오르도록
그날 밤 백년가약을 맺었다

15년이 흘렀다
청명 하늘 아래 메루와 마블이
한지장을 맞들고 섰다
한지를 만드는 건 사랑이다
그래야 천 년을 견디는 명품이 나온다
훨씬 더 튼튼해진 은행알을 톡톡 튀겨 가며
야참을 뜨기도 하고
토란 같은 늦둥이 자랑도 한다
굽은 숲 속 외길을 따라 불어오는 봄바람
충북 오지 벌락 토담집 한지쟁이 마블이네는
고만고만한 명성을 얻으며 살고 있다
선우야, 한지 걷자

우포늪 가시연꽃

우포늪 가시연꽃은
연등을 그대로 빼닮았다
방석만 한 연잎 사이로
하얀 고니 넷 나란히
유유자적

여행지로 삼았던
모네의 집 연못에 핀
수련이 떠오른다
아담하고 소박한 자태로
단정하게 눈인사하던 수련

우포늪 한 조각 떼어 놓으니
액자 구조 그대로다

2부

자기 전에

머리맡에
청춘이라 쓰고
희망이라 읽어라
사랑에는 영토가 없으니
잠들기 전 명상 속에서
하루하루 올곧은
사랑 나무 한 그루씩 심어라
젊은 날의 추억들을 흥얼대며
희망을 품고 잠을 청하면
보인다
그대가 심은 사랑 나무에
올곧은 과일이 주렁주렁
꿈처럼 달려 있는 광경이

메리

존이 교살당했다
존은 메리의 새끼였다
1965년 여름
담벼락 구멍에 밧줄을 걸고
존의 목을 매어 끈 건 큰삼촌이었다
새끼의 비명에 놀라 달려나온 메리는
차마 주인집 식구들에게 대들지는 못하고
어금니를 드러낸 채 으르렁거리다가
집을 뛰쳐나갔다
메리의 가출은 작지 않은 사건이라
우리는 동네를 뒤집고 다녔지만
양순한 씨받이 메리는 찾을 수 없었다
그해 가을
가뭄은 가혹했다
여물이 차지도 않은 채 말라죽은 콩밭에 모여
차라리 불을 질러 일손이라도 덜자고 의견을 모았다
1965년 가을
그날이었다
불타는 콩밭 이랑 사이에

형체를 알아볼 수 없을 만큼 메마른 몸뚱아리로 쓰러
져 있는 사체
메리였다
어른들은 혀를 차며 영물이라 수근거렸지만
나는 도시 어리둥절하기만 했다
마른 콩 줄기들 탁탁 어금니 가는 소리를 내며 하늘로
치솟고
그 검붉은 화염의 영상 속에
너무나 오랫동안
너무나 오랫동안
메리의 영혼은 나를 어지럽혔다

이별

해가 지네요
나무에게 내력을 물을 수는 있지만
뱃길을 물을 수는 없잖아요
구르는 돌멩이에게
근원을 물을 수는 있지만
사랑을 물을 수는 없잖아요
도무지 알 수 없네요
지나고 나면 평온인데
몸서리치며 뒹굴던 그 절규는
무슨 영문이었나요
날이 차면 처량한 초승도
큰달로 떠오르는 걸
왜 그리 조바심 나던지 모르겠어요
무슨 불만이 있겠어요
당신도 충분히 잘했어요
우리 서로 자화상을 걸어 놓고
떠나기로 해요
눈시울 붉은 부조浮彫들이 지켜보고 있네요

안녕, 스위티
그동안 즐거웠어요
당신은 내게 가장 아름다운
독성이었어요

풍경이 우는 밤

풍경 하나 구해 걸었다
산들바람이 문턱을 밟고 간다

청초한 풍경소리
지그시 귓밥을 물고 간다

여치 울음 또한
복음이다

산사람

안개는 종일 이 산을 벗어나지 못하고
산만 한 바람만 수시로 드나드는 중산간 허리
곧추선 측백나무 틈에 닭장 같은 집을 짓고
세월을 벌목하며 살아가는 산사람
쉽사리 누구에게도 눈길을 주지 않고
서리 낀 눈썹 치켜세운 채
바람 같은 자태로 뒷모습만 남기고
유령처럼 사라진다
탈색된 증거이긴 하지만
주술의 힘으로 지나온 여정이리라
야무진 바람과
걷힐 새 없는 안갯속에서
인간과 살을 섞지 않으려는 결기
쉽사리 허물어질 근육 아니다
한라산 중턱
화전마을 끝자락에
유배의 생을 경작하는
산사람
안중태

상실

그대
바람의 기억 속에 나를 묻고
눈부시게 날아갔구나
꿈결에서도
숨넘어가는 찰나의 입맞춤
생시 같은 실감에
옷자락을 끌어당겼지만
이미 누구의 신부가 되어 있었지

겨울 풀잎

겨울 풀잎들
설설 기기 시작한다
저들에게 추위는 맹독이라
알아서 기는 거다
새벽 서릿발에 꼿꼿했다가는
내리치는 바람에 톡 부러지고 말지
되도록 낮게 엎드리고
물기도 머금지 않아
바짝 말라붙은 모습으로
죽은 듯이 퇴색한다
겨울 풀잎
눈치 빠른 생리로
이파리를 버린다

번역(예세닌)

어머니
이제 더는 땅거미 질 무렵
먼 도시에서 혹시 이 아들 올까
철 지난 옷 입고
자꾸만
신작로 쪽으로 나오지 마세요

가난한 창자

창자가 가난하면 정신이 맑아진다

이른 새벽에
맑은 공기를 남보다 먼저
한 모금
가난한 창자 속으로 밀어내면

하심下心
뭐든 부려 놓는다는 거
만공의 허무로 팽팽한
가난한 창자

홀씨

문득
방 안으로
홀씨 하나 날아든다
가만 뒤를 밟으니
아니나다를까
야생초 편지 속이다
홀씨들의 사연을 엮어
밤마다 화촉을 밝히고
기약 없이 훨훨
무작위로 퍼져나는 향연
앳된 성애를 안고
야생초
작은 성찰의 싹을 틔운다

실존의 새벽

모년 모일에 내가 무엇이었는데
금일 자시에 명료한 내 정체는 무엇인가
볼썽사나운 꿈의 연재는 잠자리만 어지럽히네
그래
지금까지의 세월을 허송이라 치자
가만가만
새벽 안갯속을 걸어가는 농밀한 실존
헛디딜 만큼 가시거리가 위협적이진 않다
벼리를 단단히 잡고
알몸의 수치를 부인하지 않는다
허연 속살을 드러낸
자작나무 그림자 아래
숨어 있는 비속한 근성
쉽사리 잘라낼 수 없는
끈질긴 연명이다

허무

바람은
미혹한 나를 허공에 매달고
천공의 허무로 돌리라 하네

생사의 거취도
생래의 본연도
묻지 말라 하네

겨울 풀잎을 서럽다 할 바 아니요
심미의 경계도 탐할 바 없다 하네
나를 허공으로 밀어내며
다 접으라 하네
그저 그렇게
살라 하네

야생초 편지

이담에 내가 살 집의 마당은
아마도 야생초 전시장이 될 거다
산행 갔다 올 때마다
하나씩 파묻기만 해도 가득할걸
마당을 좀 넓게 잡아야겠지
집안엔 야생초 향기가 가득할 거야
잎을 말려 갈무리한 것들이
벗들의 찻잔을 따끈하게 채울 거야
한쪽에는 야생초로 담근
건강술이 줄지어 있고
밥상에는 야생초 나물이 올라오겠지
인생 후반의 영위를 기름지게 할
조랭이술 한잔
말똥가리 숙주를 발견한 황대권이와
풀꽃들의 속엣말 엿듣다 보면
건재한 들풀들의 짧고 긴 밤이 지나고
새록새록 늦잠도 푸짐해질 것이다

동안거

고독도 상습이네
달빛 아래 시달리는
갈대숲 지나는 바람도
아랫마을까지 내려온
노루 새끼 울음도
새삼스럽지 않네

아버님 꾸중이라도 듣고 싶은
동면의 밤

3부

수월봉 한치

수월봉 덕장에
줄줄이 덕대에 매달린 한치들
다리가 짧고 극심한 난시라
바닷속 넓은 줄 모르고
조바심 나는 헤엄질로 촐랑대다가
더러는 아가리 큰 놈들에게 잡혀먹히고
덕장에서 눈시울 적시고 있다
태평양처럼 상상만 커다란 꿈이었지
천성의 체질을 잊고 살았던 거야
차귀도 감아 도는 뱃길 바닥 아래
아직도 무사한 한치들
물정 모르고 덥석덥석 낚싯밥을 챈다

헤겔

마음의 문을 열라
손잡이는 마음의 안쪽에 달려 있다
철옹성 앞에서 무력한 그림자
해묵은 원성을 매달고는
혁명을 논할 수 없다
사람의 체온으로 돌아와
우울한 사랑니도 뽑아내고
오래된 우울증도 씻어내면
철의 온도가 따뜻해질 것이다
마음의 문이 건재하다면
손잡이는 안쪽과
바깥에도 달려 있다

꽃대와 성감

영영 피어날 것 같지 않더니
꽃대가 올랐다
우수 지나도록 겨우내 보살폈더니
툭 터질 것 같은 봉오리를 두엇 짊어졌다
경계가 사라진다
작은 피안의 감흥
오늘 같은 기분에 맞는
옷을 골라 입고 외출한다
귀퉁이 떨어져 나간 담벼락도 괜찮고
을씨년스럽던 길목
삐뚤어진 노선의 표지판도 괜찮다
찻잔을 건네주는 여인의 손길도
파리한 그 목덜미도
꽃대처럼 물이 올랐다

탱글탱글한 한라봉이
탐스럽게 가판대에 앉아 있다

세월

이놈의 세월
다리몽둥이를 부러뜨려 놔야
더디 가려나
드르륵드르륵 재봉틀처럼
박음질하며 달아나네
징그러운 육신은
금치산으로 묶어 놓고
시대가 세월을 끌고 가는지
세월이 시대를 끌고 가는지
세월이 낯선 이들은 알 바 아니라지만
비렁뱅이가 되든
장돌뱅이가 되든
아무튼 소걸음으로 가라
세월

사랑의 설정

사랑은 공백이다

밑 빠진 독이다

공연한 상실감으로
공황의 시간 속에 몸서리치는
사랑은 금단이다

사랑은
미완의 도락이다
사랑하지 마라

흠모

난을 쳐 본다
흥선, 양녕, 단원, 사임당 신씨
쭉 걸어 놓고
시시때때로 흉내를 내보는데
엄한 꾸지람뿐이다
우환憂患이 있어도 싫을 것이 없고
희락喜樂만 있어도 좋을 것이 없으니
그냥 무의미하게 쳐라
청아함이 비길 데 없고
몸매 날렵한 춘란이
습작에 쩔쩔매는 날 보고 하는 말이다

내 고향에서 완당은 9년을 유배하였다
발길에 차여도 여전히 피어나는 흰제비난
임의 걸작 앞에선 붓대가 사뭇 숙연해진다

시에는 모름지기

눈이 있어야 하느니
반드시 시목詩目일 것이다
초점을 맞춰
종이를 태우는 돋보기처럼
집중의 힘
이 힘이 시목이다
현란함 앞에
누가 애정을 갖겠는가
뜨거움만이 능사가 아니다
빙점
죽음의 포에지까지
사유의 궁극에서
활자로 관통해 내는 직관
시에는 모름지기
날선 눈이 있어야 하느니

뿔을 세우고

문지방을 넘어
달팽이
뿔을 세우고 들어온다

밤사이
달빛 뒤척임 유난하더니
내 집으로 우렁각시 들어왔구나

아무리 연약한들
사랑하는 영혼은 밟히지 않아
달팽이
뿔을 세우고
문지방을 넘는다

상처

내 중심의 축을 이루던
기둥이 일시에 무너지는 소리를 냈다
뒷덜미에서 꼬리뼈까지 커다란 진동을 느꼈다
밤이 되자 누군가 나에게 운명의 족쇄를 채우고
유령처럼 흐느적거리는 모습으로 다가와
불멸의 상처를 내 것이라 건네주었다
내 이름이 선명했다
순순히 고개를 숙이고
인정 심문을 받아들였다
소리 지를 겨를도 없이 날이 밝았다

눈물 찍어 상처에 바른다

노숙의 밤

그날 이후 운명처럼
어두운 길바닥을 거닐었습니다
몸도 마음도 꿈도 희망도
일말의 의지도 없었습니다
천성의 거드름 때문에
밥도 제대로 얻어먹지 못했습니다

어찌 그뿐이었겠습니까
이유 없는 악몽의 테러에 시달리며
이슬 젖은 밤을 꼬박 새우기도 하고
오랫동안 자선냄비에
목숨을 연명하기도 했습니다
불행한 어머니와 모진 아버지의 병환이
이인삼각 박자로 몰아붙이며
칼날처럼 겁박했습니다
잘못으로 인해 남겨진 우울한 상처들이
일어서려는 자각의 싹을 잘라 버렸습니다

분노는 칼보다 더 담대해야 했습니다

내 가슴은 과녁이 되어
모든 인연에서 벗어나
화살의 촉수를 받아내야 했습니다
검은 상복을 입고 밤마다
벌거벗은 주검들을 문상했습니다
어둡고 차가운 무명의 암시만이 가득하여
그 불행한 어둠의 사신들에 이끌려다니다
우리에 가둬진 채 쓰러지곤 했습니다
이토록 번성한 절망의 소재들이
내 영혼과 육체를 유린하기 시작한 것은
그날 이후 당신이 작은 내 꿈을
깨뜨리고 가버린 뒤였습니다

묵주

어머니, 묵주 하나 빌려 드릴게요
최인호 어머니가 쓰시던 묵주예요
'어머니는 죽지 않는다'
제가 동의한 묵주의 이름이에요
어머니의 나라
주님께서 가신 나라 따라가실 때까지
가까이 두고 애용하시다가
육신의 때 잔뜩 묻혀 돌려주세요
가물가물한 기억 되살리는데도 좋고
흔들흔들 찬송가 부를 때도
먼저 보낸 자식들 생각날 때도
효험이 있어요
이 세상 모든 혀 짧은 자식들의 어머니
행여 저보다 먼저 가시게 되면
그 묵주는 꼭 돌려받을게요
어머니 염력이 덕지덕지 묻어 있는
그 묵주 지니고 있다가
애들에게 유산으로 물려주게요

수경水耕의 뿌리

식물이 내장을 풀어낸다
유리처럼 투명한 습성의 촉수들이
빛의 방향으로 뻗어 나간다
웃자라기도 하고 모자라기도 한
자생의 뿌리들이 비웃는다
내 육감의 단세포성을 질책한다
구체성 없는 말꼬리와 신경질적인 자기혐오
수경은 직수直樹의 생리가 거부되는
유형의 배소이다
다시 제 몸을 감고 물 위로 오르는 촉수들
유리병 수평의 턱을 넘본다
예민한 나의 말초신경과는 여실히 다른
절실한 생존의 미학이다
허약한 눈빛
실뿌리만도 못한 나의 생명력이
고개를 떨군다

가락동 친구

그놈에게선 늘 땀 냄새가 났다
촌놈이라 몸에 밴 걸 어쩌하겠느냐며
주머니 속 해바라기씨를 자주 꺼내 먹었다
달구지를 끌던 억센 손아귀로
생계를 꾸려야겠다는 그놈에겐
세상 천지에 하나밖에 없는
간질 앓는 동생이 딸려 있었다
가진 것, 배운 것이 없으니
타고난 근력으로라도 살다 보면
쥐구멍에 해 뜰 날 있다며
동생 병도 고쳐줘야 한다고 했다
꼭두새벽부터 자정까지
가락동 청과물 하역부로 일하며
소처럼 살아가는 놈에게
짓궂은 서울놈들 해코지도 서너 번 있었다지만
그의 눈부신 근로 의지에 손을 들고
요령 있는 객지 벗이 되기도 했다
그놈의 유일무이한 동향 친구이긴 했지만
초기 서울 생활에 대한 부담감 때문에

가급적 힘든 대화는 나누지 않았다
우직하고 근면한 자세는 인정하면서도
그놈의 미래를 크게 신뢰하지 않았다
육체적인 노동을 통해서
성공하기는 어려워 보였다
그에 비해 월등하게 차별되는 나의 꿈이
그놈이 가지고 있는 작은 꿈보다
앞서 이뤄지리란 자부심 때문이었다

이제 그는 야구장도 가고
스키장도 가고 골프도 즐기며
사진 찍는 취미로 세계 여행을 다니는
아마추어 여행 작가가 된 아내와 함께
여유 있는 생활을 즐기고 있다
검정고시로 방송통신대학을 마치고
서울대학교 최고경영자과정을 다니고 있다
애들은 번듯하게 자라 유학을 마치고
시집, 장가갔다 했다
너는 나보다 잘살 줄 알았다며

위로의 잔을 권한다
불공정 거래는 시장 원리에 따라
시정되더라는 체험을 바탕으로
앞만 보고 열심히 살아온 것뿐이라고 했다

그놈에게서 짙은 재스민 냄새가 났다

망월

잔조롬한 강아지풀에
살가운 정이 돋아나네
질기게 무성한 왕고들빼기
노랑 솜털들의 자태가 먹음직스럽네
정분 나는 채근이지
바람 가자는 대로 몰려다니며
씨앗 터뜨리는 민들레
아예 발가벗고 대항한다
야성과 자유의 방향은 어느 쪽인지
이참에 구태의 속옷을 벗고
알몸으로 부끄러운 밤을 볼까

바람이 잠시 허리를 꺾고 간다
어느 방향으로든 다시 불어오겠지

4부

삼다삼무三多三無

돌
바람
여자가 만들어 낸 이 땅에서

거지 같은 생각
도둑 같은 심보
다 버리고 나면

그대
대문 없이
살아도 된다

풍가

군불 땐 아랫목은
게으름을 피우는 맏이 차지였다
볏짚 썰어 황토 반죽을
맨발로 짓이기고 나면
뚝딱 담벼락이 높아졌다
닭 우는 날엔
닭볏 같은 해오름을 끼고
토담 아래서 윷판을 벌였다
쪽방 댓돌 밑으로 고망쥐 튀는 바람에
화들짝 자지러지던 아이들
어머니는 발돋움으로
집 나간 닭을 찾고 있었다
동으로 난 창에서
회갈색 그늘을 벗기며
까까중이 되어 다가오던 겨울산
더 벗을 것도 없다
너도나도 맨몸이다
다닥다닥 고난의 솔가지 뜯어내며
내일 다시 우리가 저지를 일이 무엇일까

하늬바람 불 때마다
들려오는 소문들
소곤거리는 말꼬리를 잡고
길쌈하는 부녀들은 밤새는 줄 모르고
주섬주섬
세월은 그런 일상들을 보듬고
이듬해로 넘어가던 옛날이었다

순창할매

엄니. 순창할매 보러 갑시다
올해로 백한 번째 맞이하는
순창할매 봄을 보러 가자구요
한국전쟁에 아들 셋 보내고 과부가 되어
하나 남은 딸내미
칠십 여섯 되도록 껴안고 사는
눈물 많고 인정 많은
그 할매 보러 가요
외손녀 다섯 붙들어 놓고
아비 노릇 다 했으니 가서 잘살그라
아옹다옹 벌써 넷째까지
시집을 보냈다잖아요

경술국치일에 태어나
백 년이 지나는 오늘까지
얼기설기 맺힌 사연 보따리
풀어 놓자면 어지간하겠어요
옛날 얘기 좋아하는 엄니랑 함께하면
족히 석 달 열흘도 모자라겠어요

구슬픈 창가라도 한 소절씩 더 하시면
우리 엄니 만감에 젖어
훌쩍훌쩍 한 눈물 하시겠어요
오늘도 그 할매 앞마당에 나와
엊그제 부려 놓은
메주콩 타작하고 계실 거예요
귀염둥이 막내 손녀 뒤태 흉보느라
엉덩이 흔드는
기운 펄펄한 순창할매
전라도 명품 만나러 가자구요, 엄니

향가

봄 냄새 올라온다
산비둘기 청명한 울음
목침 괸 처마 밑으로
웅성거리는 굼뱅이놈들
배 앓는 소리를 내며 구시렁거린다

비옥한 소우주가 열리고
자연이 농염한 자태를 담아내는
탐스러운 오후
겨울잠 깬 능사 한 마리
또아리를 푼다

미들 이스트의 무쇠솥

늙은 여자가 밥상 앞에서 울고 있다
누대累代의 찌그러진 밥상 앞에서
경외의 눈물을 흘린다
검은 무쇠솥 안에는
숙명의 곡물이 익어간다
뱀의 혀처럼 가늘게 늘어지는 노을
온몸에 검은 폭탄을 칭칭 감고
이승의 마지막 밥상을 맞이하는 아역들
늙은 여자의 축원을 받으며
몸을 던진다
덜 익은 별들이 폭죽처럼 터져
세상의 발등 위로 떨어지고
운우隕雨의 폭격으로 불타는 누리
최후의 별똥이
깨진 밥그릇 안으로 떨어진다
살아남은 자들이 다시 모여
무쇠솥을 들어 올린다
무쇠솥만이 지상의 무기다
늙은 여자가 울고 있다

눈물에 씻긴 곡물이
세간의 모든 곡성이
무쇠솥 안으로 들어간다
불멸의 투지들이 까맣게 타고 있다

추사 秋史

당신 혼자 차려 먹는
밥상이 눈에 선합니다
어제 오늘 일도 아니지만
손 못 쓰는 내가 거들 일이 없어
마음만 서럽게 지켜보고 있습니다
육신은 아직 남도에 있고
강원도 산골에서 보내온 강냉이와
씨눈 트기 시작한 감자가 주식입니다

오늘도 허약해진 팔꿈치로
몸을 일으켜 세웁니다
아직 해가 중천이라
더위 좀 떨어질 만하면
지난밤 비바람에 꺾인
나뭇가지 주워 한기나 면하렵니다
아낙이 가져다준 돌도끼로
잘게 잘게 잘라내어
야삼경의 소재로 삼아야겠습니다

올봄엔 연두 새순이 돋을 겁니다
당신의 묵도黙禱가 오래전부터인데
터줏대감도 감복하겠지요
오늘은 좀 일찍 돌아와
숨결 같은 당신을 느끼며 자렵니다

윤회

천하대장군 상투 끝
새 한 마리
떨어져
입적한다

천하대장군 화석이 되어
땅 아래 곤두박이며
낙인을 찍는다

새가 부처인가
부처가 천하대장군인가

한여름밤의 꿈

하늘 물감 빌려다가
알몸 부끄러운 정령들에게
색깔을 입히면
신통한 효험이 있다
밤도 차츰 밝아지고
먼 길 다니다 지친 임들이 쉴 곳도
낯설지 않게 마련된다
잠든 음률을 깨워
불침번으로 세워 놓으면
트럼펫 닮은 나팔꽃들이
'밤하늘의 멜로디'를 분다
낮은 산자락을 타고
연약한 듯 자지러지는 음계
밤이슬에 몸 씻는 나뭇잎들이
익명의 나신을 감싸 안는다
내일은 내일의 지평 위에서 이어지고
어깨 위로 내려앉는 달빛
바람결에 떨리는 이슬처럼
박명한 신체가 되어도

밤의 흐름은 완만하다
산촌의 밤을 깁는 가슴
후덕한 색감으로 세간의 상흔을 덮는
젖은 나뭇잎들의 사연을 품는다

장례를 마치고

지나고 나면
한바탕 춤사위다
신명 나는 추임새도
아린 살풀이도
진혼의 숙연함에 녹아나는
우연 같은 인연
둥둥 떠돌다 가는
구름 같은 인생

부산 갈매기 아줌마

등 따습고 배만 부르면 그만인가요
가슴에 화촉 밝혀 두면
평생 외롭지 않게 타오른다던데
진작 그런 사랑 따를 걸 그랬어요
소설 같은 사랑도 허락하고
그리움 나무도 심어 둘걸요
미덥잖은 세월이라 듬성듬성 살았네요
어디 숨죽이고 들어오는
발자국 같은 사랑은 없나요

생명의 극기

봄에만 싹 나는 것이 아니다
동토를 파고드는 맹렬한 청보리
생명은 맹목이다
어디로든 파고들 충동으로
그 맹렬한 싹의 생질로
원래의 자궁에서 발아하는 씨앗처럼
행복한 태반의 바닥에 누워
노래하며 꿈꾼다

몽당연필 사랑

딸랑거리던 벤또 소리에
얼굴 붉히고
보리밭길 건너며
볼키스에 가슴 찡하던
그런 사랑

냉수에 밥 말아 먹어도
가난한 줄 몰랐던 시절
물동이 진 순이 볼 때마다
심장 뛰던
그런 사랑

책보 안에서 발 동동 구르며
교문 앞을 지켜 서던
몽당연필 닮은
그런 사랑

토지할매 깻잎

토지할매는 막바지까지
무릎으로 김을 매더라
몹쓸 놈의 병환으로
자애로운 숨을 놓던 순간까지
농무農務의 꿈을 멈추지 않던
조선의 마지막 순애
미치도록 아름다웠던 삶

통영 묏자리를 맘에 들어 하셨어
흙잠 자는데 안성맞춤이라고
양지바른 쪽으로 머리를 두고
고운 모습으로 주무실 거야

문학관 추모비는 이슬 머금고
짬짬하게 간이 밴 깻잎절임이
토지할매 유작으로 남았다
아껴먹어라, 시처럼
사위 지하도
딸 영주도 말귀를 알아들었다

토지할매 두고 가신
저 염장 식품
나는 언제쯤 맛보게 될까

에밀종버섯

말똥가리 살살 몰고 온
똥 무더기 속에서
에밀종버섯
대를 세웠다
감히 누가 나를
말똥버섯이라 부르랴

5부

환향 還鄉

별들의 뒤척임이 유난한 밤

꽃등 들고 나선 몽유 夢遊

시골집 장독 밑을 비집고

노란 민들레로 돌아왔네

죽림

절개 때문이다
권세에 맞서 피살되거나
토막 난 주검들 죽림에 뿌려져
그 응어리진 핏덩이를 먹고 자라
죽기 전에 딱 한 번
꽃 피우고 쓰러지는 슬픈 피 울음이
바람의 방향대로 휘어진다
쇠스랑 끄는 음절로 가슴 저리고
과객에게 칠현七賢의 사기士氣를 입힌다
당쟁의 사바를 떠났던
사림의 근성으로 옹골진
풀도 아니고 나무도 아닌 것이
안개 짙고 습기 잔잔한
남방의 기질로 웃자라
그 웅성거림이 하늘을 찌를 듯

민가의 생필이 되고
난세에는 무기가 되기도 했다
베고 나면 금세 이슬비 머금고

할 테면 하라
꿋꿋이 치밀어 오르는 죽순
저력이다
영생하리라는 천축의 비위다
속내를 깨끗이 비우고
연륜의 마디를 꼭꼭 채워 가며
내공의 힘으로 하늘을 향하는
한반도 남녘의 절개다

간화선 看話禪

저 새가 하루에 몇 리를 날아가는고
"촌보寸步도 처마를 여의지 않습니다"

만공이 가가대소했다
제자 보월은 만점이다
몸뚱어리는 거짓투성이
숨 끊기고 나면 멸실이야
그렇다고 참나가 사라지는 게 아니지
자궁에 들기 전, 우주 생성 이전
참나를 찾아야지
깨달음이 있으면 법담法談이고
화두 수행하면 부처다

약산성의 푸른 자궁 속으로
또 다른 부처가 들어간다

김밥 아줌마

매일 이렇게 박박 단무지 썰고
계란말이, 햄, 치즈 일렬횡대로 뉘어
하루 50미터씩 빡세게 말아 넣는데도
별반 달라질 것이 없는 형편이네
간혹 옆구리 터지는 놈도 있지
어린 새끼 하나 업고 가는 세상이
와 이리 버겁노
겨울은 내게만 길게 뻗어나는 그림자인가
이 캄캄한 터널보다
더 기다랗게 김밥 말아내면
단맛 나는 세상 오려나
바람은 오늘따라
왜 이리 야무지게 때려 쌌나
아줌마
안아 줘. 말아 줘, 옆구리가 터지도록
미친 가사다
시간당 4천5백 원
김밥 아줌마

봄

맨발로 다가서도
시리지 않네
꽃샘추위에 달아났던 속살들이
땅 껍질 벗겨 내며 본색을 드러내는 봄
만상의 목신들이
저마다 필살기를 선보인다
조목조목 풋풋한 사랑을 뿌리며
밀회를 즐기고 떠나는
양지 타는 부끄러움
봄이다

천안함 137호

가라앉은 함선에서
느꼈을 물의 공포를 떠올리면
숨이 막혀 온다
암초에 좌초되었거나
어뢰에 피격되었거나
수장되는 젊은 호흡과는
상관없는 일이다
찢겨 나가는 함실의 쇠벽을 보면서
밀려 들어오는 물의 압력에 쓰러지며
저들은 무슨 생각을 했을까
어머니…
손아귀에 잡힌 펜은 칼날이 된다
우리가 겨눠야 할 심장은
어느 방향에 있는가

계룡산

이제 이승의 형색으로는 안 되는가 보다
엄동에 허기진 속을 낮술로 채우고
떨이요, 떨이
파장 난 장터에서 목 터지라 떠들어 봐도
십전사물탕 사 먹을 사람 있기나 할까
상판대기만 볼썽사납게 그을린다
배암의 시대는 한물갔다
갈 길 먼 걸음들은 떠나고
내일은 또 소래읍에서
새벽장이 열리겠지
빈 장터
허술한 명태 덕장 사이로
졸린 어둠이 밀려온다
오늘은 짜장밥이다
컨테이너 안으로
늙은 뱀 장수 기어들어간다

분재

봐, 난 이렇게 살고 있어
참혹한 야만의 그늘 아래서
찬연하던 연록의 꿈은 잘려나가고
등은 여지없는 곱사등이
철삿줄로 꽁꽁 묶인 굴욕의 존재감
이럴수록 희소가치가 커진다는 난센스
내가 살고 있어
이들의 폐부를 찌르는 포스트 안네 프랑크
관성은 무시하고 보는 거지
나는 통로가 될 수 없어
꾸준한 숨으로 깊이 파고들 뿐
결코 빈약한 종말은 아닐 거야
굽은 등으로도 살아갈 수 있다면
거친 그리움을 버리고
여기에 묻힐 테니까
나는 끝까지 향기로워야 해
끝까지 아름다워야 해

여의도 유채꽃

한강 둔치를 뒤덮은 샛노란 꽃물결
여의도 남서쪽 줄잡아 5백여 마지기가
5월의 절정을 맞았다
63시티를 중심으로
비대칭의 조화를 이루는 유채꽃
뜬금없이 명소가 되어 상춘객들로 북적인다
만연한 향기와 봄볕에 녹아드는 진황빛 유채꽃
향수가 되살아난 여의도 한강둔치
그럴싸한 도심의 풍물로 인정받는 것이
사회적 동의를 얻는 데 성공한 사례라면
서울은 머잖아 사람 살 만한 풍토로 복원되겠다

해 설

그대 대문 없이 살아도 된다

— 김성도 시집에 부쳐

이 남 호(문학평론가 · 고대 교수)

내가 김성도 형의 시를 처음 대한 것은, 지금으로부터 약 35년 전인 1977년 무렵이다. 당시 대학생이었던 나는 고려대학교 학생회관 3층에서 주로 놀았다. 고대문학회와 고대문화편집실이 거기에 있었기 때문이다. 나는 문학의 이름으로 놀고, 술 마셨고, 수업에 들어가지 않았다. 총학에서 학예부장을 맡으라고 했지만, 그것도 문학의 이름으로 거절했는데, 이런 버릇은 사회에 나와서도 내내 계속되는 바람에 지금 생각하면 손해 아닌 손해를 제법 본 듯해서 웃음이 날 때도 있다. 문학 하려면 건달이어야 한다는 막연한 유행에 동조했던 것 같다. 시 쓰는 최승자, 소설 쓰는 박상기 같은 선배들이 그 분위기의 멤버들이었다.

그 당시 총학생회 사무실도 학생회관 3층에 있었는데, 김성도 형은 총학 부회장을 맡고 있었다. 그때를 생각하니, 총학생회장이었던 윤관식 형과 총무부장이었던 이

광우 형도 기억이 난다. 나와 함께 그 시절의 추억을 그리워하고 김성도 형의 시집을 반가워할 분들이다.

김성도 형은 체구가 별로 크지 않지만 완력이 세기로 유명했다. 덩치가 큰 운동선수들도 그를 당해내지 못했다. 쪼잔하고 문약한 우리들과는 달리, 그는 배포가 크고 주먹이 강했다. 그러므로 우리들과는 노는 물이 달랐지만 어쩐 일인지 그는 내가 있는 고대문화 편집실에 가끔 들렀고, 우리는 비교적 가까이 지냈고 말이 통했다.

그런 어느 날, 김성도 형은 고대문화에 좀 실어줄 수 있겠느냐고 시를 몇 편 가져왔다. 지금은 거의 기억나지 않지만, 어머니와 고향에 대한 여린 감수성을 보여주는 시였던 같다. 하여튼 그때 시를 읽어보고 김성도 형에게 저런 여린 내면이 있었던가 하고 좀 뜻밖이었다. 그리고는 대학을 졸업하고, 세월이 흐르면서 김성도 형과도 멀어졌고 그의 시도 잊고 있었다. 그런데 김성도 형은 시집을 들고 35년 만에 내 앞에 다시 나타났다, 마치 세상에는 세월이 흘러도 흘러가지 않는 것이 있다는 것을 증명이라도 하듯이.

대학을 졸업한 후 김성도 형의 삶이 이 풍진 세상의 격랑 속에서 남다른 굴곡과 부침을 겪으며 어떤 신화를 만들어 내었는지 나는 잘 알지 못한다. 그러나 그는 평생 학교밖에 모르는 나와는 달리, 정치와 사업의 세계를 종횡으로 누비며 풍운의 삶을 살아온 것 같다. 그러다가 이제는 격랑의 구비를 돌고 돌아서 마침내 고향의 언덕

에 닻을 내리고 고향의 삶과 고향의 마음으로 되돌아갔
다. 그게 벌써 오 년 전의 일이라 한다. 원래 제주도 사
람이 다시 제주도로 돌아가 제주도 사람이 된 것은 당연
한 일이지만, 김성도 형의 귀향은 그의 삶에서 성숙과
결실의 의미가 있는 것 같다. 그 성숙과 결실의 여유 있
는 내면을 엿볼 수 있는 것이 이 시집이 아닌가 한다.

　이제 시집 속의 시를 몇 편 읽어 보자. 시를 읽는 자리
이므로 김성도 형에 대한 호칭도 시인으로 바꾸자. 시인
은 '보는 사람'이라는 유명한 말도 있지만, 김성도 시인
의 시 속에는 무엇보다 그가 본 것이 들어 있다. 같은 세
상에서 같이 눈을 뜨고 있으니 다 같이 볼 것 같지만, 사
람마다 보는 것은 다 다르다. 또는 같은 것을 본 적이 있
더라도 그것을 마음에 담는 방식은 다 다르다. 가령, 김
성도 시인이 어느 해 봄에 본 것에는 이런 것이 있다.

　　겨우내 두툼한 이부자리를 걷고
　　선방으로 맨 먼저 드는
　　봄을 맞을 참인데
　　달그락 구르는 햇살이
　　계단 틈에 낀
　　금잔화를 찾아낸다
　　요놈 봐라
　　지가 먼저 나서서

천기를 누설하는구나

– 「두툼한 감탄사」 전문

　이른 봄날 시인은 따뜻한 봄 햇살에 이끌리고 있다. 그러나 봄 햇살보다 먼저 봄을 알리는 생명체가 계단 틈에 얼굴을 내밀고 있다. 조그만 금잔화 한 송이가 봄이 왔다는 소식을 먼저 알리고 있음을 시인은 본 것이다.
　시인은 봄을 알리는 금잔화만 보는 것이 아니라, 조용한 밤에 들려오는 풍경소리나 여치울음 소리까지도 '본다'.

풍경 하나 구해 걸었다
산들바람이 문턱을 밟고 간다

청초한 풍경소리
지그시 귓밥을 물고 간다

여치 울음 또한
복음이다

– 「풍경이 우는 밤」 전문

　이 경우는 시인은 청초한 풍경소리가 지그시 귓밥을 물고 가는 것을 마음의 눈으로 본다. 그 마음의 상태는 고요와 평화와 충일이다. 그러므로 이때 함께 들리는 여

105

치 울음 또한 복음이 될 수 있다.

계단 틈에 먼저 핀 금잔화 한 송이를 보는 것이나 풍경 소리를 마음의 눈으로 보는 것이 무슨 의미가 있을까? 남들이 쉽게 지나치는 후미진 곳을 섬세하게 들여다보는 것, 보이지 않는 것을 마음의 눈으로 보는 것은 의외로 중요하다. 그것은 우리가 일상 속에서 잃어버리고 사는 많은 아름다움과 가치와 소중한 존재를 자기 삶에 포함하는 일이 되기 때문이다.

그래서 시인은 남들이 쉬 지나치는 많은 것들을 보고 마음에 두며, 그것을 시로 남긴다. 시인은 한라산 중턱에 내린 새벽 눈의 풍경도 보고, 우포늪도 구석구석 살피고, 백사마을도 어슬렁거리며 보고, 순창 할매나 토지 할매의 삶도 들여다보고, 가락동 친구의 삶도 눈여겨보고 마음속에 새긴다. 그뿐 아니다. 때로는 「풍가」에서 아름답게 묘사되어 있듯이, 자신의 어린 시절과 고향을 뒤돌아보기도 하고, 또 「도루묵」 같은 시에서 보듯이 자기 인생을 물끄러미 쳐다보기도 한다.

인생 뭐 별거 있나
말이야 쉽지
그러다 우지끈 치오르는 오기에
낭패 보기 일쑤다
천성이 그래
짝은 짝대로 불만일 테고

세월을 벼르고 있다지만
저만큼 비켜간 줄도 모르고
저 등신
맨날 제 발등이나 찍고 있네
말짱 도루묵

-「도루묵」 전문

이 시가 말하는 바는, 결국 인생이 공수래공수거空手來空手去라는 말이다. 시인은 도루묵이라는 말을 빌려서 안간힘을 쓴 인생의 기획들이 결국은 모두 허사라고 말하고 있지만, 그러나 이것은 인간의 노력에 대한 허무와 비관이라기보다는 인생의 무상한 본질에 대한 여유 있는 긍정의 의미가 강하다. 결국 흙으로 돌아갈 인생을 길게, 그리고 한걸음 물러서서 바라본다면 도루묵이 아닌 일이 없을 것이다.

삶의 무상성 혹은 허무에 대한 이러한 넉넉한 긍정의 응시와 마음은 「자백」이란 시에서도 만날 수 있다. 「자백」이란 시에서 시인은 "진실은 서로에게 외면당하고/ 빈약한 이유로 동면에 들어간/ 한 시절의 방일이었거나/ 일탈이었거나/ 창백한 미래로 떨어지던/ 힘없는 꽃씨였거나/ 은밀히 타전한 비밀문서"이라고 삶의 진실을 부정한다. 그러므로 스스로 자신의 외면당한 진실에 대한 한때의 연민에 대해서도 "과장"이라고 부정한다. 그러나 이러한 부정이 오히려 삶의 의미를 만든다. 그 의미는

다음과 같은 무상無常의 인식이다.

　　언젠가는 퇴출당하겠지
　　순순히 자술서 한 장 남기고
　　생의 한때가 지나가네

　진실이 외면당해도 또 그에 따라 마음의 굴곡이 생겨도 결국은 다 지나가는 것임을 시인은 인식한다. 진실도 배반도 상처도 괴로움도 다 지나가 버리는 생의 한 때라는 성숙한 인식이다.
　이러한 인식은 "바람은/ 미혹한 나를 허공에 매달고/ 천공의 허무로 돌리라 하네"라고 노래하는 「허무」란 시에서도 그대로 반복된다. 삶은 결국 지나가 버리고 허무만 남는 것이기에 시인은 애써 "겨울 풀잎을 서럽다 할 바 아니요/ 심미의 경계도 탐할 바 없다 하네/ 나를 허공으로 밀어내며/ 다 접으라 하네/ 그저 그렇게/ 살라 하네"라고 강조하는 것이다. 이러한 삶의 허무와 '지나감'을 냉정하게 바라볼 줄 아는 삶과 그렇지 못하고 한때 한때에 지나치게 매달리는 삶 사이에는 큰 차이가 있을 것이다. 이것은 곧 '보는 자'와 '보지 않는 자'의 차이이기도 하다.
　봄의 금잔화도 보고, 풍경소리도 보고, 삶의 허무와 지나감도 그윽한 눈길로 쳐다볼 줄 아는 시인이기에 자신의 삶이 마침내 고향에서 뿌리내려야 함도 깨닫게 되

는 것 같다. 시인은 '뿌리의 근성'으로 존재의 중심이요
삶의 근원인 고향에 되돌아가는 마음을 다음과 같이 노
래한다.

지금까지 외곽의 바람에 밀려
까실한 속살만 태웠지
길 잃은 햇살이라도 붙잡고
다소곳이 꽃 피우고
진솔하게 열매를 떨어뜨려 보았나
이제 그만 뿌리로 내려앉지
그 밑동으로 더욱더 내려가
긴 수면의 세월을 보내고
참새들 똥에 묻혀 부활의 홀씨로 살아나
영생의 순리를 터득할 때까지
깊은 뿌리로 내려가지
지상의 오랜 시련은 오래 참을수록
새로운 각오로 새겨지는 걸
삭풍에 지친 속살을 묻어
따순 수맥과 만나는 불멸의 연대를 위해
오로지 안으로 파고드는
지순한 사랑으로
박토를 애무하는 뿌리의 근성으로
– 「뿌리의 근성으로」 전문

인생의 후반기에 고향으로 돌아와, 박토를 애무하는

뿌리의 근성으로 고향과 '불멸의 연대'를 맺고자 하는 시
인의 태도는 믿음직스럽다. 그러나 그 '불멸의 연대'마저
도 다 지나가 버리는 '인생의 한 때'임을 이미 알고 있을
것이기에 시인은 스스로 자유롭고 여유가 있다. 그 여유
와 자유 속에서 '그대 대문 없이 살아도 된다'는 시구는
시인이 자기 자신에게 하는 다짐하는 말이기도 할 것이
고 또 내가 시인에게 해주고 싶은 말이기도 하고, 또 내
가 가지고 싶은 말이기도 하다.

　　돌
　　바람
　　여자가 만들어 낸 이 땅에서

　　거지 같은 생각
　　도둑 같은 심보
　　다 버리고 나면

　　그대
　　대문 없이
　　살아도 된다

－「삼다삼무三多三無」 전문

　이것은 제주도의 아름다운 삶을 노래한 시이긴 하지
만, 살다 보면 없는 것도 많고 있는 것도 많은 우리 인생
에 대한 멋진 비유가 될 수도 있다. 어느 인생에서건 '거

지 같은 생각/ 도둑 같은 심보'를 버린다면 그 인생은 대문 없이 자유롭게 살 수 있는 인생이 될 수 있을 것이다. 나의 인생도 이제 고향 제주도로 돌아가서 대문 없이 살아도 되는 삶을 추구하고 있는 김성도 형으로부터 대문 없이 사는 삶을 배우고 싶다.